せつないほどに

飯野正行第2詩集

ポエムピース

母さんのことば

正行

ほんとに
あんたは
ケセラセラだね…

せつないほどに

目次

I

II

せつないほどに

I

あのときのクリスマス

クリスマス
キーボードをぱかぱか
あちこちで会議
キャンドル・サービスに
パンとぶどう酒のお祈り
いろいろな出し物やプレゼント交換
訪問に車を飛ばし
ステージで語る

どれもこれも大切な働き
でもふと想い出す
あのときを

小さな座卓に
ケーキとオレンジ・ジュース
鳥の足もそのときはあって
ツリーもピカピカ
母と父と兄たちもいる
ただそれだけで幸せだった
せつないほどにあたたかだった…

あの通りが…

あの通りが私は好きだ
道庁の見える
赤レンガテラスのところ
広い石畳に雪が積もり
鮮やかに色が変わるイルミネーション
恋人たちはシャッターを切る
灯りの点滅に
幼ない頃の茶の間が想い出された

正月の三賀日であったか
茶の間の天井に
縁起物が飾られていた
父は宗教的な人ではなかったが
キリスト教で言えば
ツリーやリース
プレゼピオといったところだろうか
餅花や縁起熊手
紙で出来た金色の小判
七福神の何かが飾られていた
子どもも心にとても神秘的で

飾りに触れたらいいことがありそうな
飾りと飾りの間に異次元への入り口があるような
そんな気がしていた

ロマンチックなイルミネーションに
七福神のなにかを連想するなど
笑われてしまうね

今夜も白い雪が…

ごめんね…

寒い夜
体調の良くない母が
石油を買って来てくれないかいと言う
(町内の雑貨屋で灯油も販売していた)
嫌だと私は言った
困った顔で母は出かけ
重い灯油缶を持って帰って来る
体の具合が良くないのに

暗い中、寒い中…
私の心は落ち着かなかった
でも何も言わなかった

母さん、ごめんね…

タオルを振り回して

我が家にはお風呂が無かった
近くの銭湯に行っていた
不便でしたのねと言われそうだが
けっこう楽しかった
友だちが来ていると二時間も遊んだ
冬は最高で
小路の雪山を幾つも越えて行ったし
帰りはタオルを振り回して凍らせ

チャンバラごっこ
タオルがふにゃふにゃになっても
広げて走ればすぐにまた凍る
もちろん髪の毛もね
今より貧しかったのに
楽しかったなあ…

ただ涙が…

兄は言った

母さんが危ないって俺が東京から帰ったとき
俺に母さん何て言ったか正行知ってたか
知らないよ
誠、三〇〇〇円貸してくれないかいって言うのよ
三〇〇〇円？
お、いいけど何すんのって聞いたら

正行に柔道着買ってやりたいんだって言うのよ

死にゆくわが身を知りながら
いちばん末の子のために
その願いを叶えてあげたい
柔道着を買ってあげたい
母はそう想っていた

私は
ただ涙が止まらなかった…

なんでもないひととき

ふと想い出される
お寺の近くの
暮れなずむ通り
母と手をつないで歩いていたときのこと

ねぇ、お酒と清酒って違うの？
そんな質問をする私に
「清」ってきれいだという意味なんだけど

美味しくていいお酒っていう意味だと思うよ
と母は答える
ふーん?

こんな
なんでもない語らい
このときのことが
ふと想い出される…

ぱっぱ吸っていいかい

ぱっぱ吸っていいかい
布団の中で父は必ず聞いた
六畳間に親子で寝ていた頃だ
私はよく父の布団の中にも入って行った
何故たばこが「ぱっぱ」なのかは覚えていない
うん、と私が言うと
父はうつ伏せになり
枕を胸のところにして

準備していた「しんせい」を吸った
たばこの煙は何故か嫌ではなかった
「ぱっぱ吸っていいかい」を聞くと
何故か安心した
天国で会ったら
一回は言ってもらうことにしよう
ぱっぱ吸っていいかい…

ふきの油炒め

最近あまり
料理をしない
面倒くさくなった
惣菜コーナーの
おかずセットをよく買う
ふきの油炒めが入っているから
私は母のふきの油炒めが
大好きだった

甘くてやわらかくて
とてもご飯が進んだ

この間
ためしに作ってみた
いくら炒めてもやわらかくならない
コクも出ない
あのふきの油炒め
どうやって作ったのだろう
ちゃんと聞いとけば良かったなぁ…

ぼや騒ぎ

二階のポータブルストーブに
父が灯油を入れる
火の点いているまま
漏れた灯油に引火
炎が立ち昇る
下の兄を呼ぶ
三人は毛布で床の火を叩き消す
灯油の染みた毛布が燃え上がる

父はそれを反対側の窓から外に捨てる
燃える毛布が隣家の低い屋根に落ちる
父は出窓から飛ぶ
燃える毛布を抱きしめながら
下に転がり落ちる
兄は部屋の窓を開け
燃えるストーブをゆっくりと持ち
外の雪の状態を見極め
下に落とす
ストーブは真っ直ぐに雪に刺さり
やがて火は消える

もちろん
火の点いているポータブルへの給油は
とんでもないこと
でも私は
今でもハッキリと覚えている
出窓から飛び
火だるまの毛布と一緒に
下に落ちて行った父の姿を
落ち着いて燃えるストーブを持ち
冷静に外に落とした兄の姿を
我が家も隣家も焼けなかった
なんだか二人とも凄い…

夏休み帳

私は想い出す
あの大きな玄関
すぐそばの木の階段
薄暗いひんやりとした夏の廊下
そこで私は
夏休み帳をカバンから取り出し
何度も見た

夏休み帳だ
間違いなく夏休みだ
夏休みの証拠
ついに夏休みだ

夏休み帳
この言葉を聞くと
今でもこの時のわくわくが甦って来る…

蟹の想い出

なぜ泣き出したのだろう
どこが怖かったのだろう

二階の方が
蟹を持って来てくださった
それを見たとたん
幼な子の私は
大声で泣き出した

この世の終わりでもあるかのように
せっかく持って来てくださったのに
申し訳なかったなぁ

還暦を迎えた今
私は蟹を見ても泣かない
恐ろしくもない
ただ
堅いとげとげは苦手だ…

鏡事件

なぜかたまに想い出される
あの鏡のこと
何をやったのか覚えていないが
兄が母に怒られていた
ことの大きさをわからせようとしたのか
母は鏡を振りかざす
叩く真似だ
ところがほんとに兄の頭に当たる

手もとがくるった
大きな音
飛び散る鏡
兄はびっくりして黙る
もっとびっくりしたのは母
ごめんね、ごめんね、大丈夫かい
ごめんね、ごめんね
母は何度も兄に謝る
あのときの母
どんな気持ちだったのだろう…

タイヤ交換のことを考え

除雪機の準備に嫌気がさし

背を丸めて歩いている

さぁスコップやつるはしを出しておこう

ママさんダンプも

雪の神さまが

私に嫌気をさしたんだろうな

あ、雪だ…

〜「ママさんダンプ」手で押して行く除雪の道具〜

（ポエムファクトリー詩集『振り向けば詩があった』より）

初雪

幼ない頃
雪が好きだった
一番の感動は
初雪を見た瞬間
まるで
あの世からの使いが現れたかのように
聖なる瞬間だった
溢れる想いで走り出し
空を見上げて立ち尽くした

あの時の想い
どこに置き忘れてきてしまったのだろう

親子ポプラ

子どものころ
北大の裏側によく
父に連れて行ってもらった
当時はまだ緑がいっぱいで
二本の大きなポプラの木が立っていた
その木のところで父は言った
これ「めおとポプラ」
めおと？

うん、夫婦っていう意味さ
マサ君のお母さんとお父さんみたいにね
ふーん？

その次の年であったか
また連れて行ってもらったときに
あのポプラのところで今度はこう言った
「親子ポプラ」
見ると二本の大きなポプラの間に
小さなポプラが一本生えて来ている
家族みたいだろ？　と父は照れくさそうにした

父は小学校もろくに出ていない
でもとっても大切なものを
手渡された気がして
こころがふるえる…

足の短い人

北十八条東三丁目
その頃の住所だ
ここで良く聞いた言葉
まことさんはいい人だ
素晴らしい
あんな息子がいたら
なんのことだかさっぱりわからなかったが
あんまり聞くもんだから

幼ない私はいつも
まこと兄ちゃんのようになりたいと思っていた

ただ一つ合点の行かないことが
まことさんは腰の低い人だ、という言葉だ
幼ない私なりに一生懸命に考えた
腰が低い
腰の位置が低いんだから足が短い
足が短いことが何でそんなにいいことなのかなぁー
中学生くらいからその意味はわかり始めたが

もっとも
兄貴は足はそんなに長くはないけどね…

大粒の涙

町内に兄の友人がいた
背が高くて怖かった
中通りを歩いていると
そのお兄さんがしゃがんでいる
大粒の涙を流して
どうしたんだろうと覗いて見ると
手もとに卵が割れている
形が出来る前の

鳥の小さな赤ちゃんが
どろりと地に落ちて
苦しそうに動いている
幼ない私には衝撃が強かった
もっと驚いたのは
そのお兄さんが泣いていることだ
こと切れようとしている小さな命に
あの怖いお兄さんが涙している
この時のことを今でも私は想い出す…

豆カード

祭服に身をつつみ
ミサするたびに思い出す

薄暗い
豆腐の匂いのする
油でべとべとした玄関の
下に散らかっていた小さなカード
「父は悪人にも善人にも太陽を昇らせ

雨を降らせてくださる」
少年の私の心に新鮮に響いた
日曜学校に行ってるんだと友は言う
それから二回くらいは私も行った
でもそれでおしまいだった

彼は今どうしているのだろう
司祭の私は思う
彼がいなければ今の私はいない
キリストはあの豆カードの姿で
私のもとへ来られた

そんなことを想いながら
私は今日も
パンと葡萄酒に十字を切る…

白い棚のところで…

ロビーで待ち合わせ
二人は石畳を歩く
カフェの中にジャズが流れ
食事と語らいとお酒の香りが漂う
瑠璃色の街灯りが窓から伺い
白い棚のところで
ためらいがちな大人の時が流れる

幼なき頃
もも引きの上から半ズボン履いて
鼻垂らして
ぼっこ振り回して
走り回っていた私が
いま大人な雰囲気で語らいの中にある
ちょっぴりくすぐったい

お姉さんが飲み物を持って来た
くすぐったさなど
少しも感じていないかのように
私は足を組み替える…

母の肖像

母は料理上手
あるもので何でも作る
カレーライスは最高
コクがあって三杯はおかわり
大根の葉の味噌汁も格別
林檎の煮詰めたものは
甘く
香りも素敵

緑色が好きで
明るく
日本舞踊の名取り
そして
切ないほどに優しかった

ただ一つ困る点があった
母はいずしが好きで
よく買って来た
私はいずしは大嫌いだった

だが

どうしたことか
この頃いずしを食べると思うんだ
旨いなぁ〜って…

II

おてがみがとどくわけ

あのね
ぽすとにおてがみをいれるとね
なかはすべりだいになっててね
みんなのおうちにつながっているんだよ
しってた？

かあさんの香り…

かあさんの香り
ふとんの香り
たんすの香り
くすりばこの香り
かみにぬるあぶらの香り
しょうのうの香り
きものの香り
カレーの香り

につめたりんごの香り
やさしいような
かなしいような
かあさんの香り…

かあさんはニコニコして

かあさんはニコニコしていいました
だいじょうぶだからね
しんぱいしなくていいんだよ
そのひかあさんはこしつにうつされました
ほねがじゃまでそれいじょうやせられないすがたでした
なにもわからなくなり
しろめになってからだがピクピク
とけたないぞうがはなからふきでました

ぼくはふるえました
つぎのひのあさ
かあさんはしずかにしんじゃいました
ぼくのむねのなかで
なにかがおともなくくずれました
そのとき
なにかが
ぼくのかたわらにたちました…

コケコッコー花

きみの家は
古くて木でできていて
うす暗いげんかんは
夏でもひんやり
そこから見えるコケコッコー花が
ぼくは大好きだ
花びらを鼻やおでこにくっつけて
ぼくらは走りまわった

こころにたたずむコケコッコー花
いつもひんやりとして
いつもまぶしい…

なにかとっても大切なもの…

森の中を父さんと歩いていました
泥だらけのジュースの空き瓶が一本
ぼくはそれを拾って石の塔の上に置きました
山に登って虫取りをして
街の景色を眺めて帰って来ました
さっきの所に来た時
ぼくの足は動かなくなりました
あのジュースの空き瓶に
一本の草花が生けてあったのです
なぜだか胸がいっぱいになりました
カメラのピントがガリっと合ったように
その光景にぼくはとらえられました
なにかとっても大切なものに思えて
ぼくは心がふるえました…

～詩集『こころから』より～

なんかへんかなぁ…

かあさんはいった
なっとうをかってきて
おなじちょうないの
すぐちかくの
おてらのむかいにある
ちいさなおみせに
ぼくははしった
なっとうがなかったので

ガムをかってきた
かあさんはめをまんまるにして
なんにもいわない
でもまないたにむかって
わらっている
なんかへんかなぁ…

にいちゃんのがっこうにいきました

ともだちとにいちゃんのがっこうにいきました
しろいおうちのよこをとおってくさむらをぬけて
まっすぐなじゃりみちをあるいて
やっとがっこうにつきました
やすみじかんにせのたかいげんかんで
ついににいちゃんにあえました
みんなでかおをかがやかせておはなししました
おべんきょうがはじまるので
にいちゃんはきょうしつにかえりました

ともだちもおうちにかえりました
ぼくはひとりそこにいました
つぎのやすみじかんに
ひとりたたずむぼくをみつけたにいちゃんが
おどろいたかおでやってきました
どうしたのみんなはとにいちゃんはききました
みんなかえってしまったのといいおわらないうちに
ぼくはないていました…

ひさこねえさん

おとこばかりの三人きょうだい
でもほんとうは四人きょうだい
おねえさん
うまれてふつかめにてんごくにいっちゃったんだもんね
ぼくおねえさんにあったことないから
てんごくにいったときちょっとこまるね
だけどおねえさんはぼくがわかるよね
ひさこねえさん

ぼくがそっちにいってぼけっとしてたら
こえをかけてね
おねがいだよ…

ふしぎだなぁ…

ふしぎだなぁ
なんだろう…
めをつぶったらいっつもみえる
みずみずしいもりが
うえにいったりしたにいったり
ひだりにいったりみぎにいったり
こもれびもみえるんだ
まだだれにもいっていないんだけどね

ふしぎだなぁ
いったいなんだろう
いつのことだろう
なんのことだろう
ふしぎだなぁ…

ぼくだいのうらがわに

ぼくだいのうらがわにひろいはらっぱがある
ほそいみちがいくつもあって
ときどきおにいさんたちがとおりすぎる
ぼくはよくそこでむしとりをする
むしかごはとうさんがつくってくれた
きのアイロンいれだったのですこしおもい
とおくのほうで
なにかのれんしゅうをしているこえがきこえる

しゃがんでぼくがむしかごをみていると
ひとりのおにいさんがやってきて
これたべられるんだよ
といってとおりすぎた
ぼくはびっくりした…

ぼくのたからもの

とうさんがちょうちんをつくってくれた
おおきなかんでつくってくれた
ろうそくだせだせよのちょうちんだ
いっぱいあながあけてあって
ろうそくをなかにいれてたてる
もっところもあって
ガラスまどまでついている
こんなちょうちんどこにもない

てがちょっとあついんだけど
ぼくのたからものだ…

＊「ろうそくだせだせよ」
お盆に子どもたちが、ちょうちんを持って「ろうそくだせだせよ、ださないとかっちゃくぞ、おまけにくいつくぞ！」と歌いながら各家庭をまわり、ろうそくやお菓子などをいただく北海道でおこなわれている風習。

ぼくまほうつかいになってね

あのね
ぼくまほうつかいになってね
うみのみずをけしてみたいんだ
そしてね
ずっとあるいていくの
どんなけしきなんだろうね
こわいようなきもする
ゆるやかなさかだったり

きゅうなさかだったりするのかな
ぴょんととびこえられないさけめもあるかもね
みたこともないいきものや
べつのせかいもあるかもね
したのふかいところでかぜがうずまいて
ごーっとなっているかもね
あのね
ぼくまほうつかいになってね
うみのみずをけしてみたいんだ…

まことにいちゃん…

いちばんうえのにいちゃん
まことにいちゃん
がっしょうをしていて
いろいろなうたをおしえてくれる
たいそうもやっていて
ぽ~んととんで
くるっとまわってかっこいい
よるおふとんにはいったぼくは

いつもにいちゃんのギターのおとと
いきするおとときいている
ときどきいきするおとがきえて
しばらくしてからまたきこえる
いきするのをわすれるのかなぁ
にいちゃんだいじょうぶかなぁ…

まもるにいちゃん…

すぐうえのにいちゃん
まもるにいちゃん
かみがながくてかっこいい
ふくそうもともだちもかっこいい
それにとってもひくいこえがでる
どうしてあんなにひくいこえがでるんだろう
ぼくもひくいこえになれたらいいなあ
それから

てにばいきんがついていないか
いつもきにしている
よくせいろがんをのんでいる
三にんきょうだいのなかで
いちばんやさしい
かおもいちばんかあさんににている…

やったね！

あのね
ぼくじてんしゃにのれるんだよ
しってた？
にいちゃんにおしえてもらったんだ
ちゅうがっこうのぐらんどでね
うしろからおさえてもらって
もっとちからをぬいてっていわれてね
ゆらゆらしたけどすこしのれたよ

にいちゃんのこえがとおのいたり
よこできこえたようなきもしたんだけど
まさゆきのれたんでないかってとおくからきこえて
あれ、っておもったとたん
ぼくころんじゃったさ
はんどるでおなかうって
すごくいたかったんだ
にいちゃんすぐきてくれたよ
だけどぼくもういちどやってみたんだ
あしもいたかったんだけどね
だけどね
こんどはすぐにのれたんだ

すいすいのれた
もう、こうえんもともだちのうちもいってるんだよ
めんこをせんたくばさみではさんでさ
ぶるるとおとをたてておーとばいみたいなんだ
かっこいいだろう
やったね！

雪のことば

雪のことばきいたことある？
ぼくまだないんだ
雪のことばがきこえるとね
じーんとしてくるんだって…

父さんのことば

まさ君
木の芽はネ
冬のうちから
膨らんでいるんだよ…

〜詩集『こころから』より〜

飯野正行（いいの・まさゆき）

詩人、日本聖公会司祭

1957年（昭和 32 年）4月17 日札幌生まれ。小学6年生のときに母を亡くし、高校2年のときに父と2人で引越した当別町字高岡での経験が詩的感性に大きな影響を与えた。同時期にキリスト教の洗礼を受ける。

高校卒業後、多くの職に就いた。この頃の経験や高岡での暮らしを題材に、後に数十篇の詩が生まれた。

神学校は北海道聖書学院卒業。京都ウイリアムズ神学館修了。

東日本大震災の時には被災地支援活動に従事。

6年間の里親生活を経て、2012年（平成24年）網走市潮見に『ファミリーホームのあ』を開設。夫人が代表者となり幼な子たちと生活を共にしている。

釜石神愛幼児学園園歌『釜石の天使』作詞者。

2016 年9月、第1詩集『こころから』を出版。本書は第2詩集である。

せつないほどに

飯野正行第2詩集

2018年4月17日　初版第1刷

著　者　飯野《いいの》正行《まさゆき》
発行人　松崎義行
発　行　ポエムピース
東京都杉並区高円寺南4-26-5　YSビル3F
〒166-0003
TEL03-5913-9172　FAX03-5913-8011
装　幀　堀川さゆり
印刷・製本　株式会社上野印刷所
落丁・乱丁本は弊社宛にお送りください。送料弊社負担でお取り替えいたします。

ISBN978-4-908827-39-6 C0095